Jednoho dne osel zaslechl pána, jak říká: "Už mám dost toho starého, zbytečného osla.
Dám ho na porážku!"
A protože osel nechtěl zemřít, rozhodl se, že uteče.
"Mohl bych být muzikantem," pomyslel si, když klopýtal po silnici na cestě do Brém.

One day he overheard him say, "I've had enough of that useless old donkey. He's for the chop!"
But the donkey didn't want to die, so he ran away.
"I could be a busker," he thought as he trotted along the road to Bremen.

Osel nedošel daleko, když uviděl
starého psa, ležícího u silnice.
"Co je s tebou?" zeptal se ho.

The donkey hadn't gone far when he saw an
old dog lying by the side of the road.
"What's wrong?" he asked him.

The ... remen

Adapted by Henriette Barkow
Illustrated by Nathan Reed

Czech Translation by Milada Sal

Kdysi dávno žil osel, který si rád zpíval. A i když to byl starý, velmi starý osel, rád si zpíval při práci. Ale protože jeho zpívání nebylo moc hezké, nelíbilo se jeho pánovi.

Once there was a donkey who loved singing. Even though he was an old, old donkey he always sang while he worked. But the donkey's singing wasn't very sweet and it drove his owner mad.

"Farmář se rozhodl, že mě nechá utratit, protože jsem moc starý. Tak jsem utekl, ale nemám, kam bych šel," zaštěkal pes.

"Pojď a připoj se k mé kapele," navrhl osel.

A tak se stalo, že pes se přidal k oslovi na cestě do Brém.

"The farmer wants to have me put down because I'm too old. So I ran away but I have nowhere to go," barked the dog.

"Come and join my band of buskers," suggested the donkey.

And that was how the dog came to join the donkey on the road to Bremen.

Osel a pes nedošli daleko, když potkali starého kocoura.

"Co je s tebou?" ptali se ho.

"Kupec mě chtěl utopit, protože jsem už starý a nemůžu chytat myši. Tak jsem utekl, ale nemám, kam bych šel," zamňoukal kocour.

"Pojď a přidej se k naší kapele," navrhl osel.

A tak se stalo, že se kocour přidal k psovi a oslovi na cestě do Brém.

The donkey and the dog hadn't gone far when they met an old cat.

"What's wrong?" they asked him.

"The shopkeeper wants to drown me because I'm too old to catch mice. So I ran away but I have nowhere to go," meowed the cat.

"Come and join our band of buskers," suggested the donkey.

And that was how the cat came to join the dog and the donkey on the road to Bremen.

Tři zvířátka nedošla daleko, když potkala
kohouta. "Co je s tebou?" ptali se ho.
"Farmářova žena ze mě chtěla udělat polívku.
Tak jsem utekl, ale nemám, kam bych šel,"
kokrhal kohout.

The three animals hadn't gone far when they
met a cockerel.
"What's wrong?" they asked him.
"The farmer's wife wants to make me into
soup. So I ran away but I have nowhere to
go," crowed the cockerel.

"Pojď a přidej se k naší kapele," navrhl osel.
A tak se stalo, že se kohout přidal ke kocourovi,
psovi a oslovi na cestě do Brém.

"Come and join our band of buskers,"
suggested the donkey.
And that was how the cockerel came to join
the cat, the dog and the donkey on the road
to Bremen.

Když přišla noc, čtyři unavená zvířátka
se rozhodla, že přenocují na okraji lesa.

When night fell the four tired animals
decided to sleep at the edge of a wood.

Kohout vyletěl na strom a zakokrhal, že vidí v dálce nějakou chalupu. "Pojďme a podívejme se tam," řekl. "Bude to lepší, než spát venku."

The cockerel flew into a tree and crowed that he could see a house in the distance. "Let's go and take a look," he said. "It'll be better than sleeping in the open."

When they reached the house the cat had an idea.
"We could sing for our supper," he suggested.

The dog counted to three and they all started to sing. It was horrible!

Když se přiblížili k chalupě, dostal kocour nápad.
"Mohli bychom si večeři vyzpívat," navrhl.

Pes napočítal do tří a všichni začali zpívat.
Bylo to hrozné!

Najednou se oslovi začaly podlamovat jeho staré a unavené nohy. Pes, kocour a kohout ztratili rovnováhu a s mohutným rachotem proletěli oknem.

Suddenly the donkey's tired old legs started to wobble. The dog, the cat and the cockerel all lost their balance and with a mighty crash they fell through the window.

Uvnitř v chalupě byli tři zloději, kteří se tím hlukem pořádně vyděsili. Mysleli si, že byli přepadeni nějakou strašnou příšerou a utíkali jako o život.

Inside the house three robbers were terrified by the noise. They thought that they were being attacked by an enormous monster and fled for their lives.

A když se všechna čtyři zvířátka vzpamatovala a uviděla, kde jsou, nemohla uvěřit svým očím. Tam, přímo před nimi, bylo tolik jídla a pití, že by jim to stačilo na celý život. Jedli tak dlouho, až už nemohli víc.
Teď už potřebovali jen pohodlnou postel na spaní...

When the four animals had picked themselves up and saw where they were, they couldn't believe their eyes. There, in front of them, was enough food and drink to last a lifetime. They ate until they could eat no more.
Now all they needed was a comfortable bed for the night...

...kterou brzy našli a ihned usnuli vyčerpáni po namáhavém dni.

...which they soon found, and quickly fell asleep after their exhausting day.

Když zhasla všechna světla, ten nejodvážnější ze zlodějů se vplížil zpátky do chalupy, aby zjistil, kdo tam je. Šel po špičkách, tak potichoučku, jak jen mohl, ale přece jen to nebylo dost potichu.

After all the lights had gone out, the bravest robber sneaked back to see who was in his house. He tiptoed as quietly as he could but he wasn't quiet enough.

Všechna čtyři zvířátka ho slyšela, jak vešel do chalupy.

All the animals heard him enter the house.

Pes vyskočil a kousl ho.

The dog leapt up and bit him.

Kocour ho škrábnul.

The cat scratched him.

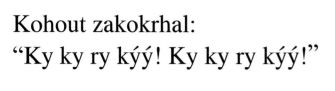

Kohout zakokrhal:
"Ky ky ry ký́́! Ky ky ry ký́́!"

The cockerel crowed:
"Cock-a-doodle do! Cock-a-doodle do!"

zatímco osel ho tak silně nakopnul,
až vyletěl do vzduchu...

while the donkey gave him a mighty kick
and he went flying through the air...

a dopadl s plácnutím na zem!

"Co se ti stalo?" ptali se ostatní zloději.
A představte si, co jim řekl.

...and landed with a THUD!

"Whatever happened to you?" the robbers asked.
And just imagine what he said.

"Byla tam zlá čarodejnice,
která mě poškrábala. A ohromný člověk,
který mě bodl nožem a policajt, který mě praštil pendrekem.
A pak soudce, který volal: 'Zadržte ty loupežníky! Zadržte ty loupežníky!'"

"There was a vicious witch who scratched me. A huge man stabbed me with a knife, and a policeman hit me with a club. Then a judge shouted: 'Jail's the place for you! Jail's the place for you!'"

A zloději pak už nikdy zvířátka neobtěžovali.
Naši čtyři hrdinové nikdy nedošli do Brém, a nikdy se nestali muzikanty.
Ale když se budete někdy procházet chladnou nocí, možná je uslyšíte zpívat.

Well, after that the robbers never troubled the animals again.
Our four heroes never reached Bremen and they never became buskers.
But if you're out walking on a still night you might just hear them singing.